みやぎシルバーネット＋河出書房新社編集部　編

90歳以上のご長寿傑作選

超シルバー川柳

あっぱれ百歳編

河出書房新社

一冊丸ごと、90歳～101歳の作者による「超」シルバー川柳傑作選！
その第2弾『あっぱれ百歳編』です。

本書では、仙台のシニア向けフリーペーパー『みやぎシルバーネット』と弊社編集部あてに届いた「シルバー川柳」の中から、90歳以上の方の力作185句を選りすぐってご紹介します。

傑作川柳以外にも……

●常連投稿者3名に、ふだんの暮らしの中での川柳の楽しみ方の秘訣を語っていただいた川柳達人インタビュー

●シルバー川柳応援団長・毒蝮三太《マムちゃん》夫が語る「俺が出会ったすごい100歳」のお話

●みやぎシルバーネット編集長による、この20年の90歳以上のシルバー川柳投句者の変遷のお話（年を経て、投稿数も、川柳でよまれる内容も変わってきました！）
など、読みどころ満載でお届けします。

このシルバー川柳シリーズ本が始まって今年で7年目。
投稿数の増加と共に、年齢層もあがってきました。
もはや60歳代など、若輩すぎてシルバーとお呼びしていいのか迷うくらいです。

「いくつになっても青春！」と感じさせてくれる
90歳以上の超シルバーたちのみずみずしいつぶやき川柳。
笑ってしみじみしてうなずいて……、さあ、一緒に愉しみましょう。

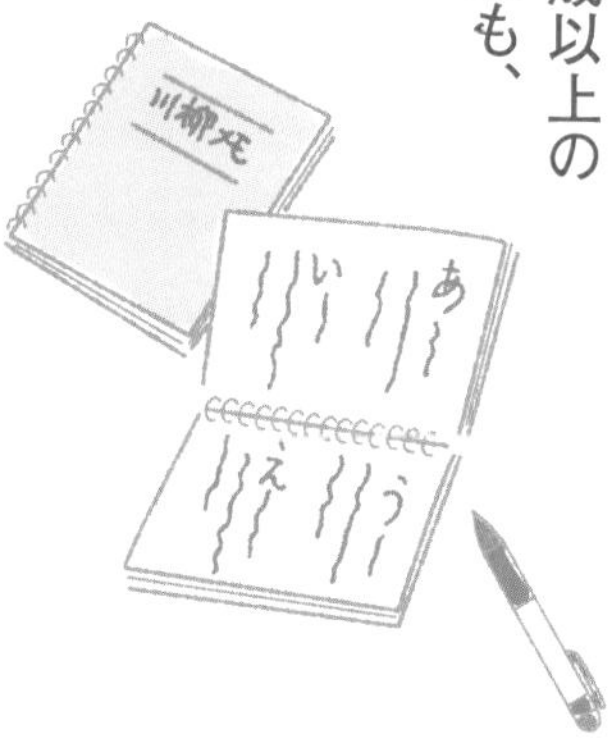

百までと
パソコン教室
通い初《ぞ》め

高橋良平（90歳）

九十越え
オカリナ習うと
妻《つま》笑う

越田直滋（92歳）

五時に起き
ボケ防止の
掃《そう》除《じ》する

今野昭夫（92歳）

おばあちゃん
眼《め》鏡《がね》の方が
可愛いよ

村上慶子（92歳）

説明書
見えない読めない
わからない

及川和雄（90歳）

目の手術
無事に終わって
すばらしい！

吉田英男（91歳）

なにも言う
ことないほど
朝湯好き

山下あい（92歳）

朝新聞
太陽身体《からだ》に
ビタミンC

高橋知杏（91歳）

元日の
富士恥じらいの
薄ぐもり

千葉和子（95歳）

病院の
帰りはクスリの
大《おお》袋《ぶくろ》

佐藤 勉（90歳）

リハビリは
ベッドの周《まわ》り
歩くだけ

伊藤清子（91歳）

きこえぬと
携《けい》帯《たい》逆《さか》さに
首ひねり

村田春枝（94歳）

細い身も
きゃしゃと思えば
苦にならず

村田春枝（94歳）

生きがいと
楽しむ切り絵
肩痛む

村上慶子（92歳）

スーパー楽し
あれこれカゴに
娘《こ》にらむ

木村紀子（91歳）

雛《ひな》人《にん》形《ぎょう》
無《ぶ》事《じ》を祈りて
箱《はこ》納《おさ》め

高橋知杏（90歳）

やさしさが
何よりご馳《ち》走《そう》
老の春

木村美与子（95歳）

焼き芋《いも》の
臭《にお》いの焚《たき》火《び》
懐《なつ》かしい

加藤孝子（94歳）

血圧が
暖《だん》冬《とう》異《い》変《へん》で
泣かされる

木村紀子（90歳）

紅白歌合戦
みんな綺《き》麗《れい》で
眼《め》の保養

加藤孝子（94歳）

川柳名人

宮井逸子さん（91歳）の部屋

難聴で
自分のことだけ
しゃべる友

テレビ音
大きすぎると
すぐ切られ

のどのしわ
隠すスカーフ
派手になり

身の整理
箱底褪《あ》せし
母子手帳

コロナ休校
べんとう持ちで
来るひ孫

とり出して
丁《ちょう》度《ど》いいやと
マタニティ

この年令《とし》で
五年の月賦《げっぷ》
長すぎる

早寝すりゃ
トイレ回数
ふえるだけ

くやしいけど
若者優先
呼吸器

川柳名人

宮井逸子さん（91歳）の部屋

川柳名人

千石 巌さん（91歳）の部屋

婚活に
失恋保険
あればいい

老い楽し
昔の事は
時効です

ストレスは
壺《つぼ》に閉じ込め
楽《らく》隠《いん》居《きょ》

シルバーの
カルチャー男子は
貴重人

川柳名人

伊藤清子さん（91歳）の部屋

あと少し
入院長けりゃ
元とれた

亡《な》き人が
いれば会話も
楽しいに

年重ね
意地も張れなく
なりました

川柳名人

須藤好敏さん（92歳）の部屋

間もなくに
入る所の
墓参り

喪中ハガキ
私のときは
誰に出す？

何《い》時《つ》死すも
良き日本にて
酒うまし

九《く》十《そ》路《じ》にて
ワケの分からぬ
俺が居る

有り難や
死をも恐れぬ
年となり

われ死すも
良く長生きと
ほめられる

川柳名人
須藤好敏さん（92歳）の部屋

川柳名人

納谷助男さん（90歳）の部屋

爺《じじ》ひとり
早めしむせて
息を吐《は》く

老いてなほ
熟女の薫《かお》り
胸騒ぐ

背がかゆく
柱の角で
妻偲《しの》ぶ

達人インタビュー

女は死ぬまで女、男も死ぬまで男。やりたいことガッチリやって死ねたら万歳！

久慈レイさん（92歳）

美術の教師をしていて、
今でも作品を描いています

4〜5年ほど前に、娘の住む仙台へ秋田から越して来ました。娘と1年ほど同居して、今は高齢者向け住宅に住んでいます。

現役の頃は小学校と中学校で美術の教師をしていました。今でも絵を描いています。仙台のシニア対象の作品展に出品して、大賞もいただきました。

川柳を始めたきっかけは？

デイサービスで顔を合わせる川柳の投句者の方から、「久慈さんもどう？　才能あるわよ」と勧められて１年ほど前に始めました。その方の川柳を見せてもらい、やってみようと思いました。

川柳を思いつくのはどんな時？

夜、寝ている時に思いつくことがあり、忘れないようにとメモします。小学生から書いてきた日記を３年前から五七五で書くことにしたら、生活の全てが川柳に見えてくるんです。

これからシルバー川柳を始めたい人にアドバイス

自分の場合ですが、翌朝に作品を見ると笑えないものがあります。やはり川柳として出すのであれば、読んだ人がどこかでウフフと笑えるものであればいいと思います。

毎日平均10句は書きます。私の川柳は生活から自然と出てくるものばかりで投稿用の創作ではありません。お友達のご主人が亡くなった時には『花道を　ゆっくり歩く　友の夫《つま》』と手紙も川柳風に書きました。コロナで部屋に居る時間は増えましたが、作句したり本を読んだりするから大丈夫です。

愛用の川柳グッズ

日記代わりに出来事などを手当たり次第、毎日書いているノートです。このノートに書いたものを投稿することはありませんが、五七五に親しむという意味で役立っています。

会心作『ラグビーの　球《たま》抱くように　だかれたい』は、球を一心に握って離さない選手に感動して。女は死ぬまで女、男も死ぬまで男だと思うんですよ。これやっぱり女の人の最たる希望でないですか……。

以前入選した『球児らの　どの子を見ても　我が好み』は、バッターボックスに立っている子供さんたちを見ているとね、私、男の子を産まなかったからなおさらですけども、ああいう子供さんがいればどんなに親がめんこく育てただろうなって、つくづく思うんです。それでこの句ができたの。教員だったので野球の応援にも行きましたし、高校野球も朝から見ているほどのファンです。

90歳過ぎて川柳でこうやってインタビューを受けたりね、作品集を印刷してくれる人が出たりね、自分で自分にびっくりしているんですが、人は死ぬまでやりたいことをガッチリやって死ねたら万歳ですよ。みなさんに川柳勧めたい。膝痛とかよりも、頭の病気が一

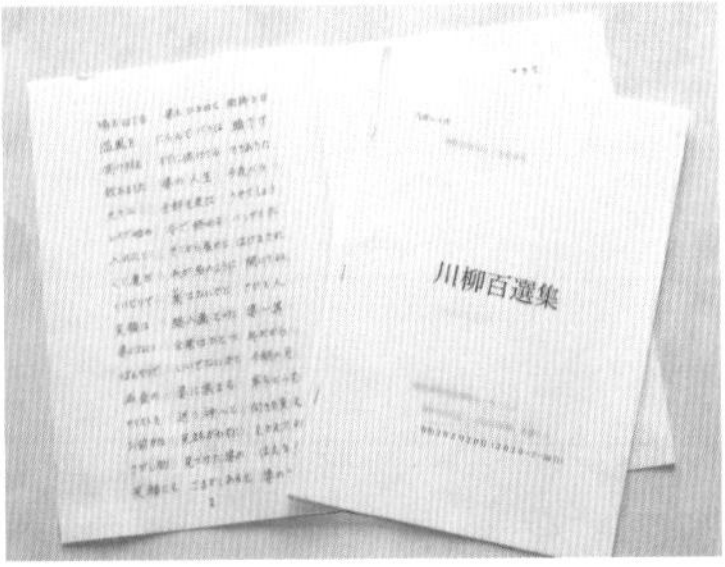

同じホームに住んでいる方が、機械があるからって私の『川柳百選集』を作ってくれました。第１号、第２号と刷ってくださり、第３号も出したいと思っています。

番困ると思います。そのためにも川柳をやればいいと思います。言葉を選びどう表現するか、考えますからね。

住んでいるホームには麻雀の同好会みたいなものがあります。どうせなら私が声をかけて、川柳をやる人来なさいと、習ったことはないけど私の感覚でラッパ吹いてみようかなと思っています。こういう場所はいっぱいあるでしょう。呼びかけたら川柳人口増えると思うよ！　ちょっと考えればいいの。難しいことじゃないもの〜。

会心の一作！

ラグビーの
球《たま》抱くように
だかれたい

【編集部まとめ】美術の先生をされていたとあって、本質に迫るキレのある川柳を量産されている久慈さん。こんな素晴らしい投句者を発掘したり支えてくれている、周りのお仲間にも感謝です。

近所に住む同じ川柳投句者の男性が、発行されたばかりのシルバーネットを届けてくれたり、私の句が載った川柳の本を買いにいってくださったりして、お世話になっています。

変《へん》顔《がお》は
総入歯とった
婆《ばば》一等

婆さんと
呼ばれて三人
顔見合う

むなしさと
さびしさどけて
婆《ばば》マージャン

生きてるか!?
モシモシあとの
第一声

一人部屋
話すことなく
望遠鏡

あるガスを
全部出そうと
腹しぼる

大声で
私ばかよね
歌って寝《ね》

子と孫の
名前まちがえ
怒られぬ

シルバーの
カルタ一人で
読んで取る

此《こ》の体《からだ》
年の数ほど
しわだらけ

検査して
みな標準だと
医者ほめる

川柳名人

中村佐江子さん（91歳）の部屋

年寄りも
マスクをすれば
美人なり

3密は
あんみつかしらと
ボケる婆《ばば》

嫌《いや》な奴《やつ》
来たぞ婆さん
ボケのふり

お年玉
ひまご十人
なじょすっぺ

お年玉
やる時だけの
認知症

川柳名人
中村佐江子さん（91歳）の部屋

年聞かれ
四捨五入して
九十歳

クリスマス
妻の遺影と
お留守番

仏にも
鬼にもなれず
九十歳

川柳名人

眞野昭子さん（93歳）の部屋

爪のびて
身体《からだ》が縮む
老いの日々

娘《こ》の作る
だんごに目が無い
佛《ほとけ》と私

亡《な》き夫
コツコツ積立
今しあわせ

川柳名人

松田瞭子さん（93歳）の部屋

痛いとこ
なでなで笑顔で
がんばるぞ

もう止《や》めて
腰《こし》膝《ひざ》に効く
広告は

トイレまで
あと何秒の
徒競走

離婚して
子《こ》等《ら》と逃げだし
良い老後

生きている
美《び》人《じん》薄《はく》命《めい》って
言うけれど

終着の
駅を見ぬふり
スルーする

川柳名人
松田瞭子さん（93歳）の部屋

川柳名人

金丸典男さん（90歳）の部屋

恋はもう
縁ない筈《はず》が
ある日ふと

来年は
チョコを貰《もら》えそな
女性《ひと》が出来《でき》

恋人の
時より強く
抱く介護

いつも妻
味方と思う
勘《かん》ちがい

女房を
主治医がそっと
呼んでいる

健康の
ためとなんでも
減らされる

大丈夫
妻が言うから
なお不安

舌嚙《か》んで
すらすら読めぬ
カタカナ語

エサの順
金魚鳥猫犬
そして俺

よちよちが
よたよたになり
よろよろに

川柳名人

金丸典男さん（90歳）の部屋

川柳名人

志鎌清治さん（93歳）の部屋

思い出の
コケシよお前
だけ若い

貯《た》めようぜ
有るか無いかで
大違い

マスコミよ
老後老後と
いわないで

川柳名人

嘉部井静江さん（90歳）の部屋

朝起きて
だだをこねたい
寒がりや

家の中
よろめきながら
三千歩

夕やけに
見とれて止まる
溜《ため》息《いき》と

超100歳の川柳の部屋

一世紀を生きてきた人生の先輩達３人の作品。
なんといきいきとされていることか！
これからもっともっと仲間は増えそうです。
あっぱれ１００歳！　まだまだ青春。

補《ほ》聴《ちょう》器《き》を
髪に隠して
おんなです

福田ハナ子（101歳）

もう時効
夢にも出ない
亡《ぼう》夫《ふ》のこと

福田ハナ子（101歳）

言いたいこと
半分封じて
暮らす日々

伊勢つね（101歳）

今くやむ
学校なのに
遊んでた

堀江ふみゑ（100歳）

ご投稿規定

・60 歳以上のシルバーの方からのみのご投稿に限らせて頂きます。

・ご投稿作品の著作権は弊社に帰属致します。

・作品は自作未発表のものに限ります。

・お送り下さった作品はご返却できません。

・投稿作品発表時に、ご投稿時点でのお名前とご年齢を併記することをご了解ください。

発表

●今後刊行される
『笑いあり、しみじみありシルバー川柳』にて、
作品掲載の可能性があります。
(ご投稿全作ではなく編集部選の作品のみ掲載させていただきます)
なお、投稿作品が掲載されるかどうかの個別のお問い合わせにはお答えできません。何卒ご了承ください。

ご投稿方法は裏面に

ご投稿方法

●はがきに川柳（1枚につき5作品まで）、郵便番号、住所、氏名（お名前に「ふりがな」もつけて下さい）、年齢、電話番号を明記の上、
下記ご投稿先にご郵送ください。

●ご投稿作品数に限りはありませんが、
はがき1枚につき5作品まででお願いします。

＜おはがきの宛先＞

〒151-0051
東京都渋谷区千駄ヶ谷2-32-2
（株）河出書房新社
編集部「シルバー川柳」係

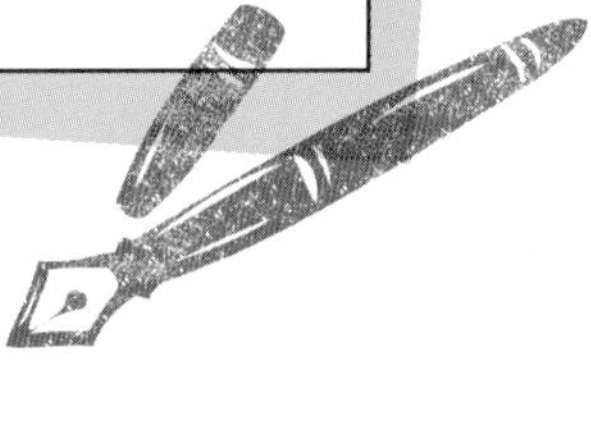

＊皆様からお預かりした個人情報は、他の目的には使わず責任をもって管理致しますが、今後刊行の『笑いあり、しみじみありシルバー川柳』で作品発表時には、お名前とご年齢を作品とともに公表することをご承知おきください。勝手ながらペンネームでの作品公表は差し控えさせていただいております。
＊頂いたご住所に弊社から次回刊の『笑いあり、しみじみありシルバー川柳』の発売日のお知らせのお手紙をお送りすることがございます。
＊ご投稿はがきはご返却しておりません。
以上、何卒ご了承いただけますようお願いします。

皆様からの作品のご投稿、
どしどしお待ちしております！

（株）河出書房新社　編集部「シルバー川柳」係
〒151-0051　東京都渋谷区千駄ヶ谷 2-32-2
http://www.kawade.co.jp/
電話　03-3404-8611
（平日 10：00~17：30　土日祝日休）

60歳以上の方のシルバー川柳、募集中！

さあ、あなたの「笑いあり、しみじみあり」を、川柳にしてご投稿ください！

『笑いあり、しみじみあり　シルバー川柳』ご愛読ありがとうございます。
シルバーの皆さんの今回の傑作選、いかがだったでしょうか？
「これなら私も詠めるかも」「もっとどんどん詠んでみたい！」そんなの皆様の熱いお声を頂戴し、
シルバー川柳の作品投稿を受け付けております。
ご投稿作品は、今後の『笑いあり、しみじみあり　シルバー川柳』本にて、
掲載の可能性があります。皆さまからのご投稿をお待ち申し上げます！

保険ねぇ
入りたいけど
もう遅い

堀江ふみゑ（100歳）

若き日の
苦労を笑って
友は逝《い》き

伊勢つね（101歳）

あの事を
思い切って…と
悩んでる

堀江ふみゑ（100歳）

ネェちょっと
話聞いてと
墓参り

福田ハナ子（101歳）

老人会
何時《いつ》の間にやら
最年長

大あくび
入歯はずれて
テレ笑い

冗談が
ボケあつかいで
通じない

超シルバー応援団長

毒蝮三太夫《マムちゃん》インタビュー

俺が出会った死ぬのを忘れたすごい100歳！

超シルバーの川柳には、
釈迦の境地に達したかのような句があるよね。
90歳超えると、天国に行くから
死ぬのも怖くないって人も多いんだね。
そんな超シルバーたちのなかでも、俺が
「忘れられない100歳」のことを話そう。

今から十年以上前、俺がラジオ中継で千葉の流山のスーパーにいったときのこと。観客の中にちょっと気になる親父がいたから「いくつになったんだい？」と聞くと、大声で「１００歳！」と答えるんだよ。

周りの人がざわついたよね。だって、杖《つえ》も持たずにまっすぐ立ってて、眼鏡も補聴器もつけてないんだぜ。今でこそ１００歳がどんどん増えて珍しくなっているけれど、当時はまだまだ、男も女も80歳になったら立派なお年寄りだったんだ。だから、１００歳になってここまでしっかりしている男性は珍しかった。これが長野の佐久から、避寒《ひかん》で流山の娘さんのところにきていた、相馬清四郎さんと俺との出会いだった。

「元気だなあ。本当に１００歳？」「うむ１００歳。明治35生まれ」「それじゃあ、俺の親父と同じ年じゃねぇか！　死ぬの忘れちゃったんじゃないの？」と俺の毒舌にみんな大爆笑。

中継後は、相馬さんは俺より大人気！　周りの人から「生の１００歳に会うの初めてよ～」って握手攻め。「一緒に写真を撮らせて～」って大盛り上がりだったんだ。

後日、１００歳の相馬さんから俺に手紙が届いた。
「マムちゃんへ。小生は小学校の校長を務めました。教壇では人様に笑われるようなことは、決してやらないようにと指導してきました。ところが、先日のマムちゃんの番組では周囲から大いに笑われました。そして、人を笑わせることが、こんなに楽しいことかと笑われる快感を知りました」と、すごい達筆で筆ペンで書いてあった、

さらに驚いたのは、それが駅前のパチンコ屋さんのチラシの裏だったんだよ。後日、それを大学の俺の教え子に見せたら「１００歳の人って自分流で素敵！」「かっこいい」って。チラシの裏だって素直で堂々とした人柄が若者にも伝わってくるんだな。たとえ、禿げてても腰が曲がってても、素直で堂々としていたら、かっこいいんだよ。

物を大切にするところもいいじゃないか。それこそが若い者に伝える年寄りの美徳だ。
後日、手紙を読んだことを相馬さんに連絡したら、意外な返事があった。
「読んだのかい？　芸能人の方はファンレターなど読まないよと周囲に言われ、それな

ら、と下書きしたチラシを投函したんだよ」というじゃないか。そしてチラシのお詫びに佐久の名物の柿を送りましょう、と相馬さんから荷物が届いた。

柿だと思って開けると、中身はなんとリンゴ。驚いて電話したら相馬さんはとぼけて「えっ、リンゴが入ってたかい？　こちらの地方では、リンゴのことを柿というんだよ」というじゃないか！

なんとも茶目っ気たっぷりで笑っちゃったよ。相馬さんのように、長生きする人は素直でユーモアのある人が多いと思う。そういう意味では、川柳で人を笑わせる人もきっと長生きするぞ（笑）。自信をもって川柳、これからも書き続けようぜ！

マムちゃん直筆！
「笑う人　長く生き」

デカマスク
会《え》釈《しゃく》されたが
あのママか

ノドチンコ
見せる女が
よく稼ぎ

郵 便 は が き

お手数ですが
62円切手を
お貼り
ください。

1510051

（受取人）
東京都渋谷区千駄ヶ谷2の32の2

河出書房新社

『シルバー川柳』

愛読者カード係 行

お名前	年齢：	歳
	性別：	男 ・ 女
ご住所 〒		
ご職業		
e-mailアドレス		

弊社の刊行物のご案内をお送りしてもよろしいですか？

□郵送・e-mailどちらも可 □郵送のみ可 □e-mailのみ可 □どちらも不可

e-mail送付可の方は河出書房新社のファンクラブ河出クラブ会員に登録いたします（無料）。
河出クラブについては裏面をご確認ください。

ご記入いただいた個人情報は、ご希望の方へのご案内送付や出版企画の参考等に利用、ご感想は弊社の新聞・雑誌広告、HP等で掲載させていただくことがございます。ご了承ください。上記目的以外では使用しません。

愛読者カード『　　　　　　　　　　編』を読んで

空欄にお読みの書名(『シルバー川柳○○編』の○○部分)をご記入ください。

●どちらの書店にてお買い上げいただきましたか?

地区:　　　　　都道府県　　　　　　　市区町村

書店名:

●本書を何でお知りになりましたか?

1.新聞/雑誌(＿＿＿＿＿新聞/広告・記事)　2.店頭で見て

3.知人の紹介　4.インターネット　5.その他(　　　　　　　　)

●定期購読している雑誌があれば誌名をお教えください。

●本書についてご意見、ご感想をお聞かせください。

前歯欠け
美女と会話は
逃げている

近寄るな
咳《せき》する美女へ
尻《ケツ》を向け

行列の
マスク買えずに
うがい酒

年越しの
歌《か》謡《よう》に飽《あ》きて
酒で寝る

昼はボー
夜はパッチリ
酒が要《い》る

川柳名人
白木幸典さん（90歳）の部屋

川柳名人

田中雪子さん（94歳）の部屋

淋《さみ》しさを
まぎらわす呪文《じゅもん》は
ないものか

我が命
いつ果てるやら
謎《なぞ》謎《なぞ》よ

元気だせ
元気だせと
声上げる

おんぶに
だっこされたい
年になり

二人連れ
羨《うらや》ましくて
じっと見る

川柳名人
田中雪子さん（94歳）の部屋

川柳名人

髙橋スマノさん（93歳）の部屋

友の愚《ぐ》痴《ち》
便りも来ないし
気にかかる

あけまして
書ける喜び
いつまでか

年取れば
免《めん》疫《えき》ほしいと
手を合わせ

達人インタビュー

夢中になって、1カ月に何日か考えます。川柳が無ければ、ただノホホンとしちゃう…。

佐藤 清さん（93歳）

ゲートボールに熱中していましたが、今は川柳に夢中です。

郵便貯金関係の職場で定年を迎えてからは、ゲートボールに夢中になり試合にもたくさん出ました。最近は歩くのが大変になり、何をするにも人のお世話にならざるをえなくなったので、一人で楽しむことができる川柳は何より。笑うことで、頭を柔らかくしておきたいのです。

川柳を始めたきっかけは？

シルバーネットの川柳を見ていて、自分で作ったものはどうだべなーと投稿したのが８年前。現役の頃は俳句だの川柳だのやっている人がたくさんいたが、やろうとは思わなかった……。

川柳を思いつくのはどんな時？

夕方から寝るまでの間です。次号の課題が出たら２～３日でバババーと 20 ～ 30 句よんで、そこから選んでいます。気になるので、締め切りよりも早く送るようにしています。

これからシルバー川柳を始めたい人にアドバイス

思いを句にまとめるというのはなかなか難しいもので、ある程度の根気が必要です。慣れも必要なんですね。たくさんの川柳を読んでみるとかして、だんだん身に付いてくるんじゃないかな。

川柳に夢中になって、１カ月に何日か考えることも、うんと良いことだなあと思っております。これが無ければただノホホンとしているようなものでね。

みやぎシルバーネットに作品が載ると、まずは自分だけで感慨にふけります。その後、周囲から「載ったね！　見たよ」と言われる

愛用の川柳グッズ

雑紙やチラシの裏などに思いつくまま書いて、そこから選んでいます。行き詰まった時には“シルセン”や“サラセン”の本を読んで、こういうのもあるんだと参考にしています。

と嬉しさが倍増。「どうもありがとうね、一生懸命やっからね」って言ったり。恐らく町内で私を知らない人はいませんが、話したことの無い人はたくさん。そういった方とも話をするようになりました。「今回の作品はこういう風に読み取ったけど、良かったですね」と内容的なことを言われっと、あ~言葉だけじゃなくて感情的な部分も分かってもらえているんだな~って嬉しいですね。私一人のチカラじゃなくて、みんなのお陰で作っていられると思っております。

なかなか案が思い浮かばず、締め切りは近いし何でもいいやーと思って出した作品は、あー少し足りなかったな、浅はかだったなと反省することも。10年も20年も30年も前からやっていれば、もっと上手になっていたのかなと思う時もありますね。ただし子育て時代のことは、あまりに前なので書かないようにしています。

妻を3年前に亡くしてからはヘルパーさんに来てもらい、週5回、

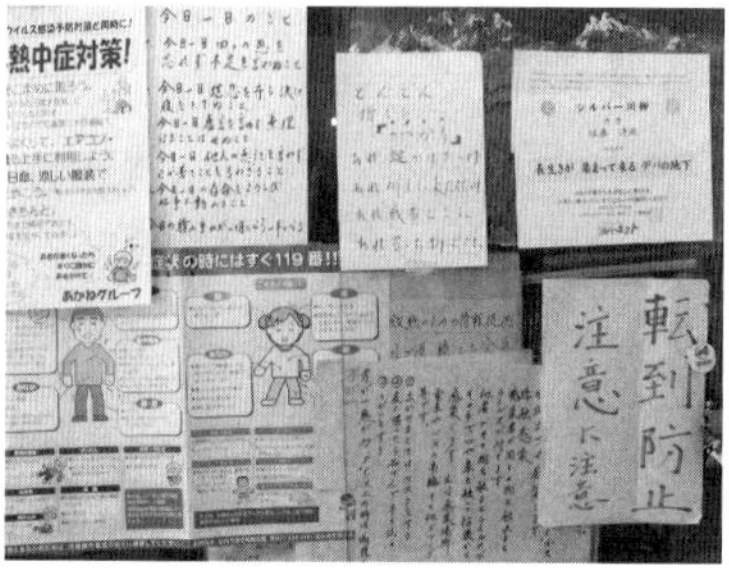

シルバーネットの入選句「長生きが集まってくるデパの地下」の表彰状と一緒に、「転倒防止」「熱中症対策！」などのチラシを書棚に貼って気を付けるようにしています。

弁当を取っています。妻のことも書いてみようと思い出すと、だんだん切なくなってくるんだよね……。でも、そのうち書いてみたいです。コロナウイルスの影響で家に居る時間が長くなったけど、本とかいろんな物を引っ張り出して見ていて退屈はしません。納戸の整理や植木の手入れもしています。家のことが自分でできること、日々健康であることが、今の生き甲斐のようなものです。

会心の一作！

人生の 秘めごと話す 黒電話

【編集部まとめ】　商店が軒《のき》を連ねていた活気ある通りの、顔役の一人として活躍されてきた佐藤さん。かつての賑《にぎ》わいが失われゆく中でも、前向きに生きる姿を川柳で発信し続けてください。

自宅前の通りは、伊達政宗公の隠居所『若林城』（現：宮城刑務所）に続く道。ここで生まれ育ち、町内会長や老人会の会長も務めてきました。先々代はここでたばこ屋を営んでいたそう。

佐藤 清さん（93歳）の部屋

夫婦仲
夫語らず
妻言わず

卒《そつ》寿《じゅ》坂《さか》
若さ日に日に
遠ざかり

年金日
流石《さすが》に暗い
顔は無し

川柳名人

鈴木守さん（92歳）の部屋

鬼は外
女房は内の
我が家かな

平和ボケ
介護施設に
入りたい

成人の
孫が大勢
押しかけり

おみくじが
連続凶で
妻こけた

ダイヤ婚《こん》
お祝い場所は
ベルサイユ

川柳名人
鈴木 守さん（92歳）の部屋

川柳名人

宮坂 正さん（95歳）の部屋

好きキライ
云《い》えない初《う》心《ぶ》な
過去悔《く》やむ

エンマさま
来世の命
前《まえ》借《がり》を

浮き沈み
泳いだ走った
百近し

川柳名人 北畠ふくよさん（91歳）の部屋

年老いて
よだれこぼして
愚《ぐ》痴《ち》こぼす

ぼけ友と
約束したのに
ケロリ顔

背の丈《たけ》は
子供並だが
でかい声

爺《じじ》と婆《ばば》
拝む神様
困り果て

お年玉
もらう年まで
生きてやる

親の恩
歯が抜けてから
かみしめる

卒《そつ》寿《じゅ》過ぎ静かに枯《か》れる

花 理想

命がけ
ひざ手術する
桜咲く

ひざ手術
二足歩行で
進化する

エアロこぎ
貯《ちょ》筋《きん》ふやす
満期まで

川柳名人

氏家さゆきさん（91歳）の部屋

川柳名人

上野 豊さん（93歳）の部屋

あげなさい
あがらぬ腰を
タタキたい

末っ子は
動けぬ親を
あてがわれ

青春もあったよ東京バスガール

川柳名人

岡政人さん（90歳）の部屋

2メートル
離れて会話
叫び声

老兵も
美人の前では
初《しょ》年《ねん》兵《へい》

戦中派
捨てるマスクに
未練あり

達人インタビュー

「川柳の先生！　笑顔の宅配便」なんて友達からは言われるんですよ。

岩見弥生さん（92歳）

友達からは、私の顔を見るだけで元気になるって言われます。

終戦直後の食べ物も何もない大変な時期に看護学校へ通い、65歳まで看護師として病院に勤務しました。脳出血で倒れた母の看病を働きながら自宅で10年間。定年を迎えてからは開業した先生に誘われるなどして87歳ぐらいまでお手伝いしました。子供の頃は病気がちで、家に子供向けの本が無かったので兄の

川柳を始めたきっかけは？

従兄弟が若い時から川柳をやっていて「面白いんだ、楽しんだ」って言っていたので、もしや自分もやれるんじゃないかな、ちょっとやってみようかな～と。

川柳を思いつくのはどんな時？

それが不思議なことに、なんぼ時間があっても書きたくない時は書けません。ふっと、書きたいな～と思った時に一気にだーっと書きます。川柳が降りてくる感じですね……。

これからシルバー川柳を始めたい人にアドバイス

素直に自然に、ありのまま取り繕わないで出した方がいいんじゃないかと思います。そのものズバリではなく匂わせるように。うまく書こうとしたりすると、かえってだめなような気がします。

哲学の本まで読んでいました。それが良かったのか、小学校の時に書いた作文で文部大臣賞をいただいたこともあります。

具合が悪くなった友人から「来てくれ！あんたの顔を見るだけで元気になるから」って言われて駆けつけるときもあります。「お金がもったいない」と拒んでいる認知症気

愛用の川柳グッズ

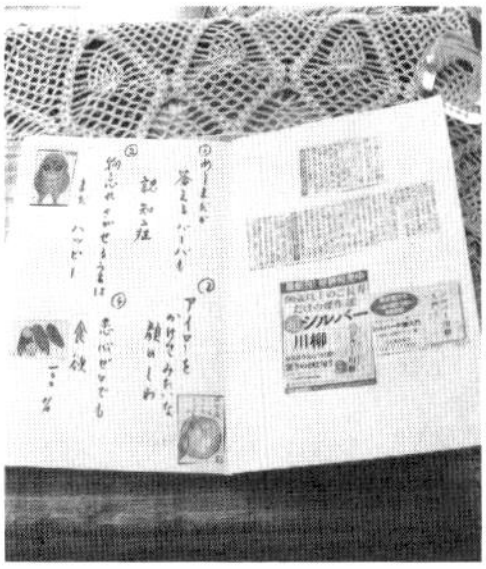

自分の入選作品を書き込んでいるノート。入賞時に贈られた賞状、編集長からの作句アドバイス、シルバー川柳の書籍の広告、作品にマッチした絵手紙も貼っています。

味の奥さんを説得して体調不良のご主人を医者に行かせたり。最近はコロナのせいか喧嘩《けんか》の仲裁役《ちゅうさいやく》が多いですね〜。趣味は踊り、書道、お花、三味線、なんでも名前を取るまでやりました。70歳で入学した明治青年大学（※仙台市にある高齢者向けの学舎）では、歌も踊りもできるのでお世話役も引き受けました。

川柳は90歳から始めました。友達からは「川柳の先生！　笑顔の宅配便」なんて言われるんです（笑）。川柳やっていると退屈しないし、書こうと思うと元気が出るし。書くために元気でいようと思います。自分の失敗談をネタにしていますが、夫の顔を忘れてしまったという人、威張ってばかりで嫌われている人など周りにもネタがたくさんあります。人を攻撃することはほどほどに。会心句『ポンコツ体…』の句は、5回骨折して死にかけている私なのに、朝起きると動けるわ〜と思ったことをよみました。

定年後は、踊りや歌、写真などの趣味を楽しみました。近所の老人クラブの仲間と、ボランティアにも度々行きました。

カラオケが一番の楽しみですけど、最近はコロナの影響で黙っているから声が出なくなってきました。水を飲むだけで「あっあっ」とむせたりして、飲み込みが悪くなって変なところに入りそうになるので、部屋で声を出すようにしています。健康法は笑うこと、くよくよしない、人に腹を立てない。最後はぶっ切れて言いますけどね（笑）。近所に新しい老人会ができるらしいので「川柳する人はいない?!」って、けしかけてみようかと思ってます。

会心の一作！

スイッチオン　今日も動いた　ポンコツ体

【編集部まとめ】 たくさんの友達から慕われて、頼りにされている岩見さん。「人間をよむ」と言われる川柳だけに、豊かな交友関係からユニークな作品がまだまだ生まれてきそうですね。

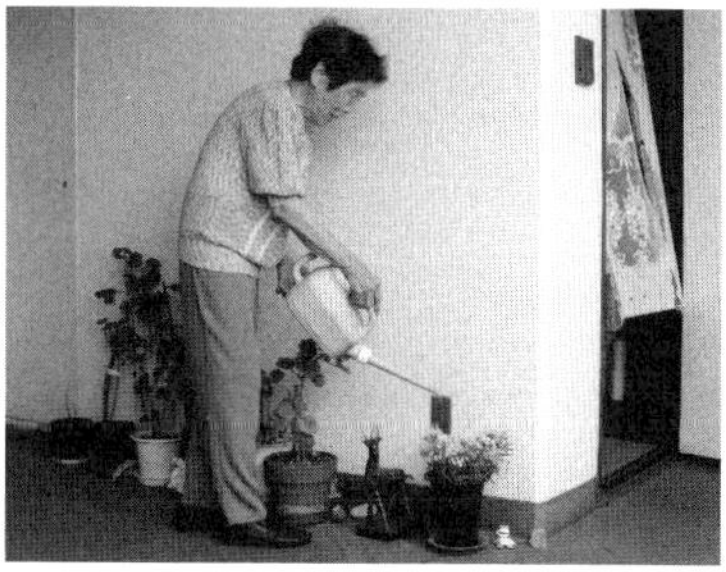

子供が他所へ引っ越した時に、自宅を売却してマンションで一人暮らしをしています。この辺は坂も無いですし、草取りも要らないので楽ですね。鉢植えの花を育てて楽しんでいます。

岩見弥生さん（92歳）の部屋

バカでいい
友は笑顔に
寄ってくる

シミ消える
使ってみれば
金《かね》消えた

ヨーイドン
走ってみたが
足パンク

墓参り
ジジババ前に
われ わらべ

そばにいる
ジージ忘れて
アンタだれ？

わが命
はやり風邪にも
凛《りん》と立つ

旅立ちも
コロナ・コロリで
大ちがい

岩見弥生さん（92歳）の部屋

川柳名人

波多野安子さん（95歳）の部屋

去った年
元気で過ごし
褒《ほ》めたいね

棚の物
取ろうとしても
人たのむ

百《ひゃっ》均《きん》の
クロスワードで
ボケ防止

川柳名人

山中遊山さん（94歳）の部屋

日《ひ》溜《だ》まりで
天国行きの
舟を漕《こ》ぐ

東京の
小さな藪《やぶ》に
ホーホケキョ

断《だん》捨《しゃ》離《り》で
トップに出るは
お父さん

卒《そつ》寿《じゅ》越し
もらう義理チョコ
うれし泣く

川柳名人

三浦 和さん（92歳）の部屋

血圧の
上下で日々が
過ぎてゆく

白黒の
石友にして
ボケ知らず

来なければ
出さぬと決めた
賀状来る

川柳名人

渡辺健次郎さん（91歳）の部屋

ボケかなと
九九を数えて
ホッとする

健康に
ジムに通えば
コロナいた

延期なら
延命ずっと
がんばるか

夢に見る
若かりし頃の
かの女《ひと》を

婆さんと
コロナのせいで
糸電話

佐藤 勉（90歳）

手術した
メガネ替えた
アラ見えた

越田直滋（92歳）

コロナ様
わたしゃ忙しい
弁当買いで

佐藤二三子（92歳）

マスクして
シワもちゃっかり
隠しおり

佐藤 勉（90歳）

マスク顔
お互い勘《かん》で
ごあいさつ

千葉和子（95歳）

まわり皆
次々逝きて
急かさるる

木村美与子（95歳）

ゆるキャラを
見尽くす迄の
命なし

越田直滋（92歳）

負けたとき
互助とあきらめ
楽しくネ

木下昭二（92歳）

百歳を介護保険を使わずに

高橋良平（90歳）

積み上げた健康今が使う時

及川和雄（90歳）

【編者あとがき】

『みやぎシルバーネット』　編集発行人　千葉雅俊

　90歳以上のシルバー川柳の世界、いかがでしたか。身体《からだ》が言うことを聞かなくなってきても生き甲斐を見出《みいだ》し、戦争を経験者の目線で世を戒め、１００年分の切なさを時に漂わせながらも命の炎を逞《たくま》しく燃やし続けていらっしゃる。３人の川柳投稿者の方々のインタビュー。皆さん笑顔がすてき。シルバー川柳には、よいことがきっとたくさんあるのでしょう！　そんな90歳以上の方からのご投稿が順調に増え、本書の発刊に繋がりました。小紙『みやぎシルバーネット』に寄せられる毎月の投稿はがき２００余通のほとんどは、かつては70～80歳代からでしたが、２０１７年の初め頃から90歳代の方のものが毎月10通を突破。２年後には20通を越え、今なお増加中です。

　小紙で最初の90歳代の投句者を調べようと古い紙面をめくってみると、１９９８年頃から二人の方が熱心に投句してくださっていました。艶っぽい川柳も得意とされた津久家さんと１００歳まで投句を続けられた前田河さん。後輩シルバー読者から敬愛された小紙における最初のスター的存在のお二人。この頃の90歳代の作品は、長生きへの戸惑いや、家族や自然を題材にしたものが多くを占めていました。

待ってたは　賞味期限の　切れた女《ひと》　津久家重吉（92歳）　※１９９８年5月号

人間業　飽きたけれども　迎来ず　前田河とみ（92歳）　※１９９８年10月号

２０００年代に入ると、家族との絆や亡夫への思いがひときわ強い作品も見受けるようになりました。

嗚呼家族　一心同体　気概湧く　高橋イツコ（93歳）　※２００６年3月号

寡婦になり　お洒落の二字を　消して生き　高橋とし子（92歳）　※２００９年4月号

２０１０年代後半ごろからは、自由な発想の作品も目立つように。新しい出会いに貪欲だったり、一方で孤独を強く感じているような句も……。

イケメンと　目が合い婆は　うっとりと　斎藤恵美子（90歳）　※２０１７年8月号

生き甲斐は　リハビリ先で　友づくり　今野義朗（91歳）　※２０１８年2月号

スズ虫の　鳴声淋《さみ》し　一人者　青木節代（94歳）　※２０１８年12月号

この頃には、高齢者向けのサービス、サプリや機器類を使いこなす姿をよんだ句も生まれてきました。

似たような　弁当に今日も　助けられ　斎藤恵美子（90歳）　※２０１７年7月号

サプリメント　溢《あふ》れるポスト　悲鳴あげ　岩見弥生（90歳）　※２０１９年4月号

補聴器を　直し女の　長談義　福田ハナ子（101歳）　※２０１９年11月号

そして令和の時代を迎えた今、ますますお元気な方々が増えそうな予感も……。

ノートレは　人生初の　男女組　及川和雄（90歳）　※２０２０年3月号

百までと　言われ内心　それ以上　三浦　和（93歳）　※２０２０年7月号

この20年の間に、介護保険制度がスタート、断捨離《だんしゃり》、終活、墓じまいといった新しい言葉が生まれ、スマホが世を席《せっ》捲《けん》……。家族との関係すら希薄になる中で、友と物とサービスに活路を見出しながら力強く生きようとするシルバー世代へ、川柳がエールを送っているようにも思えます。変化の早すぎる時代はしんどくもありますが、創作活動にはむしろプラス。ぼやいて、挑んで、乗り越えて。これからも日々の喜怒哀楽を五七五にギュギュッと詰め込んでみてください。ご自身のために、誰かのために。

みやぎシルバーネット

一九九六年に創刊された高齢者向けのフリーペーパー。主に仙台圏の老人クラブ、病院、公共施設等の協力を得ながら毎月三六〇〇〇部を無料配布。高齢者に関する特集記事やイベント情報、サークル、遺言相談、読者投稿等を掲載。
http://silvernet.la.coocan.jp/

千葉雅俊　『みやぎシルバーネット』編集発行人

一九六一年、宮城県生まれ。広告代理店の制作部門のタウン紙編集を経て、独立。情報発信で高齢化社会をより豊かなものにしようと、高齢者向けのフリーペーパーを創刊。選者を務めた書籍に『笑いあり、しみじみあり　シルバー川柳』『笑いあり、しみじみあり　シルバー川柳　一期一会編』『笑いあり、しみじみあり　シルバー川柳　人生劇場編』『笑いあり、しみじみあり　シルバー川柳　元気百倍編』『笑いあり、しみじみあり　シルバー川柳　一笑青春編』（小社）、『シルバー川柳　孫へ』（近代文藝社）。著書に『みやぎシニア事典』（金港堂）などがある。

ブックデザイン	GRiD
イラスト	BIKKE
ご長寿インタビュー	千葉雅俊（文、写真）
編集協力	毛利恵子（株式会社モアーズ） 忠岡 謙　（リアル）
Special thanks	みやぎシルバーネット「シルバー川柳」読者、投稿者の皆様。 河出書房新社編集部に投稿してくださったシルバーの皆様

90歳以上のご長寿傑作選

超シルバー川柳 あっぱれ百歳編

二〇二〇年九月二〇日　初版印刷
二〇二〇年九月三〇日　初版発行

編者　みやぎシルバーネット、河出書房新社編集部
発行者　小野寺優
発行所　株式会社河出書房新社
〒一五一－〇〇五一
東京都渋谷区千駄ヶ谷二－三二－二
電話　〇三－三四〇四－一二〇一（営業）
〇三－三四〇四－八六一一（編集）
http://www.kawade.co.jp/

組版　GRiD
印刷・製本　図書印刷株式会社

Printed in Japan　ISBN 978-4-309-02917-7